caillou MD

joue au cirque

Adaptation du dessin animé : Marion Johnson
Illustrations : CINAR Animation / Adaptation de Eric Sévigny

chouette CINAR

Caillou dort. Il rêve qu'il est un
grand dompteur de fauves !
Puis, tout à coup, il se réveille…
Youpi ! c'est aujourd'hui que
papa l'emmène au cirque !

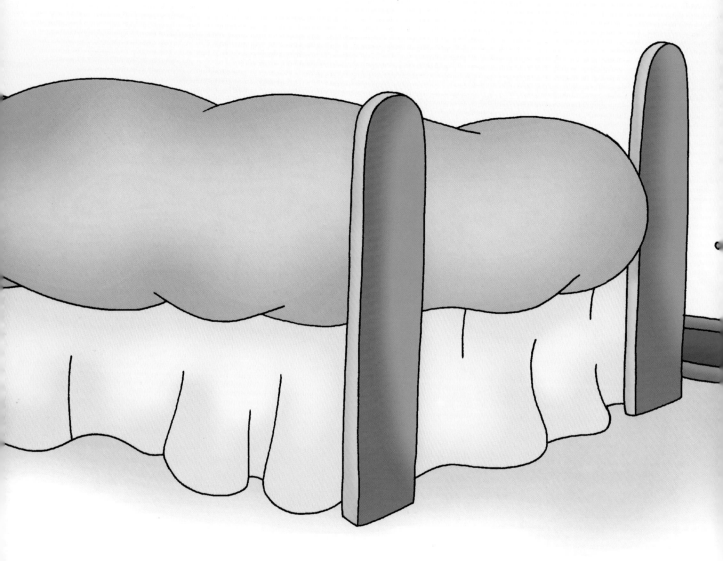

Caillou décide de s'habiller tout seul. Comme ça,
ils ne seront pas en retard! Et Caillou sait que papa
est fier de lui quand il s'habille seul.

Caillou met d'abord son short et son tee-shirt,
puis il met ses chaussettes et ses chaussures.

Caillou doit ensuite nouer ses lacets…
Ouf ! c'est difficile !

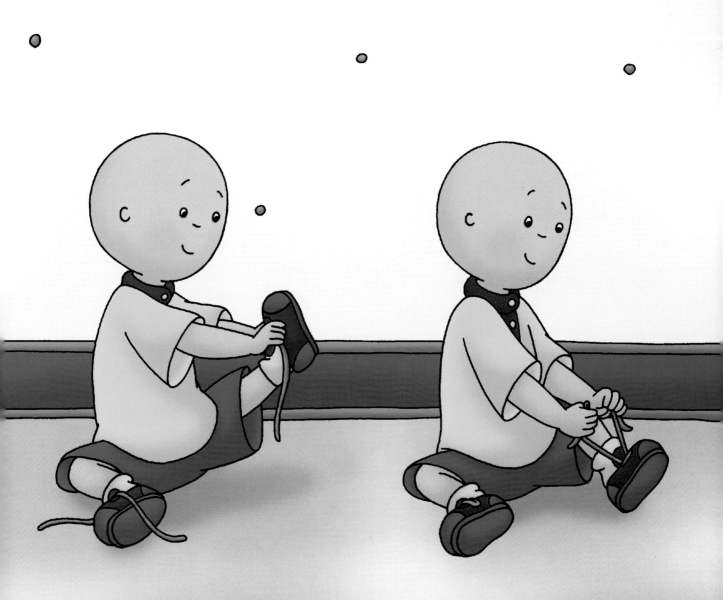

Caillou a maintenant fini de s'habiller. Il se brosse les dents quand papa entre dans la salle de bains, encore tout endormi.
– Déjà habillé! Bravo, Caillou! Mais pourquoi si tôt? demande papa.
– Je ne veux pas être en retard au cirque, répond Caillou.
– Le cirque? mais c'est seulement demain!

Caillou n'est pas content.

–Non ! non ! je veux aller au cirque aujourd'hui ! Je me suis habillé tout seul pour ça !

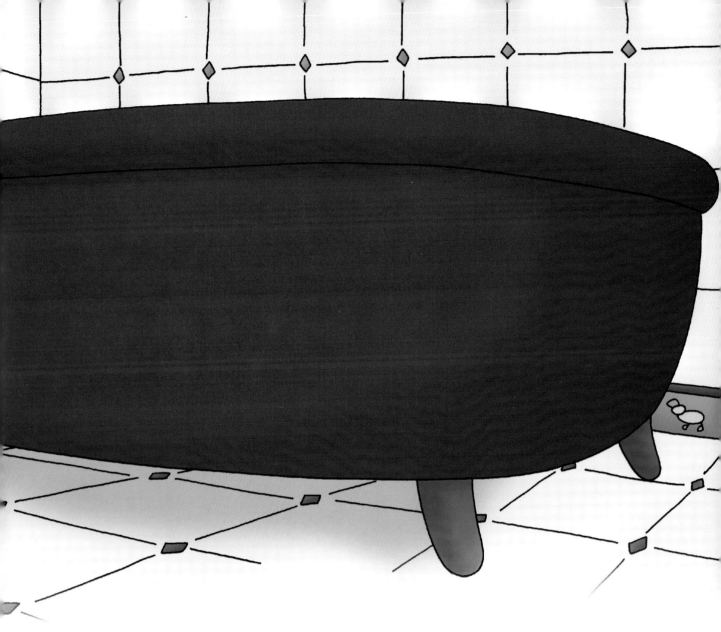

–Allez, Caillou. Viens m'aider à préparer le petit-déjeuner, lui propose papa.

–Non ! je veux aller au cirque ! s'écrie Caillou.

Caillou est assis à la table de la cuisine.

–Qui veut du pain grillé en forme de petits canards,
comme le fait grand-maman?

–Les canards, c'est pour les bébés, grogne Caillou.

Papa sourit:

–Dans ce cas, que dirais-tu de jouer au
cirque? On peut découper des animaux du
cirque dans le pain et les manger avec nos
œufs à la coque.

–Oui ! je vais chercher les œufs !
s'exclame Caillou.
Mais Caillou ne voit pas Gilbert
et… oups ! il trébuche. Caillou et
les œufs se retrouvent par terre.
–Tu aurais dû me dire que tu
voulais une omelette ! dit papa.
Caillou et papa éclatent de rire.

Caillou renifle. Il y a une drôle d'odeur…
—Papa, le pain! crie Caillou.
Papa sort du grille-pain deux tranches de pain brûlées.
—C'est chaud! ouille! ouille! ouille! crie papa en lançant
les tranches dans les airs.
—Tu es vraiment un bon jongleur! dit Caillou en riant.

–C'est l'heure du défilé!
annonce papa. Mousseline sera
notre clown!
Papa place un entonnoir sur
la tête de Mousseline et la fait
sauter dans les airs.
–Hourra! crie Caillou.
Il marche derrière papa en
frappant sur une casserole
avec une cuillère en bois.
Boum! boum! boum!
Le tambour de Caillou fait
beaucoup de bruit.

Maman entre dans la cuisine :
—Qu'est-ce qui se passe ici ?
—On joue au cirque ! répond
Caillou.
Voyant les dégâts, maman
donne le balai à papa pour
qu'il nettoie.
—Tu veux monter à cheval ?
—Euh… je crois plutôt que
je vais retourner dans ma
chambre !

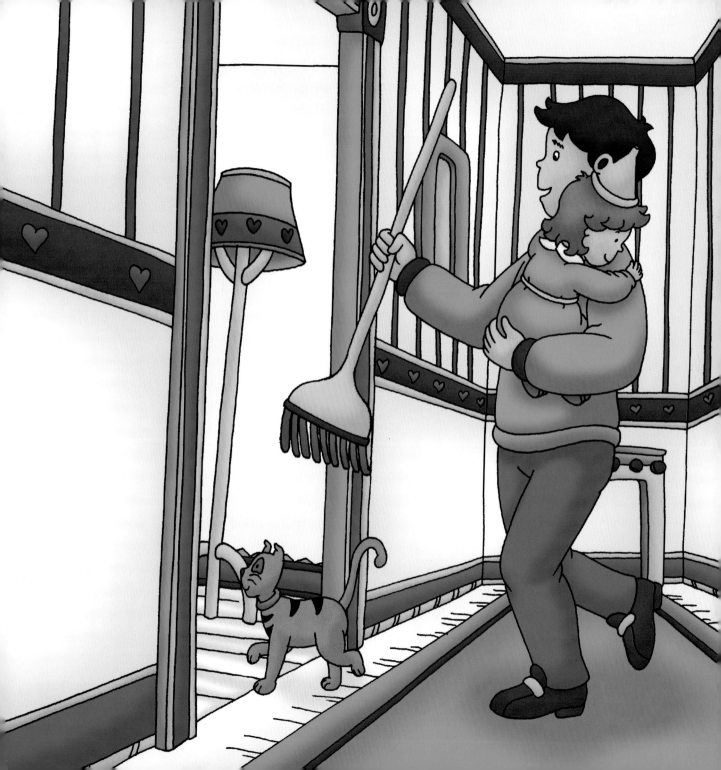

−Recommençons le défilé,
propose papa, mais soyons
un peu moins bruyants.
−D'accord, répond Caillou en
frappant doucement sur son
tambour.
−Prêt, Caillou ? demande
papa doucement.
−Je suis prêt !
−En avant, marche !

Texte : adaptation par Marion Johnson du scénario tiré de la série
d'animation CAILLOU, produite par Corporation CINAR (© 1997
Productions Caillou inc., filiale de Corporation CINAR).
Tous droits réservés.
Scénario original : Caroline Maria
Illustrations : tirées de la série télévisée CAILLOU
et adaptées par Eric Sévigny
Conception graphique : Monique Dupras

Catalogage avant publication de la Bibliothèque nationale du Canada

Johnson, Marion, 1949-
Caillou joue au cirque
(Château de cartes)
Traduction de : Caillou : the circus parade.
Pour enfants de 3 ans ou plus.
Publ. en collab. avec : Corporation CINAR.

ISBN 2-89450-479-9

1. Cirque - Ouvrages pour la jeunesse. 2. Père et enfant - Ouvrages pour la
jeunesse. I. Corporation CINAR. II. Titre. III. Collection: Château de cartes
(Montréal, Québec).

GV1817.J6314 2004   j791.3   C2003-941019-6

Dépôt légal : 2004

Nous remercions le ministère du Patrimoine canadien (Padié)
et la Sodec de l'aide accordée à notre programme d'édition.

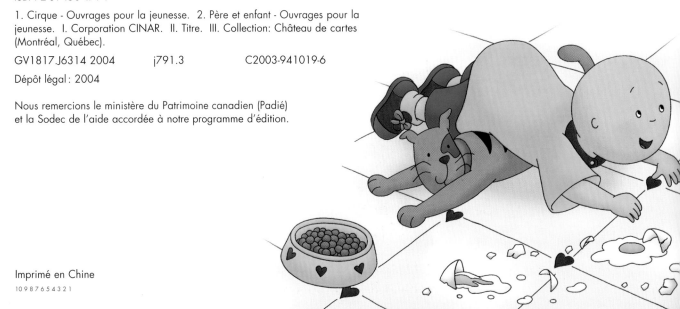

Imprimé en Chine
10 9 8 7 6 5 4 3 2 1